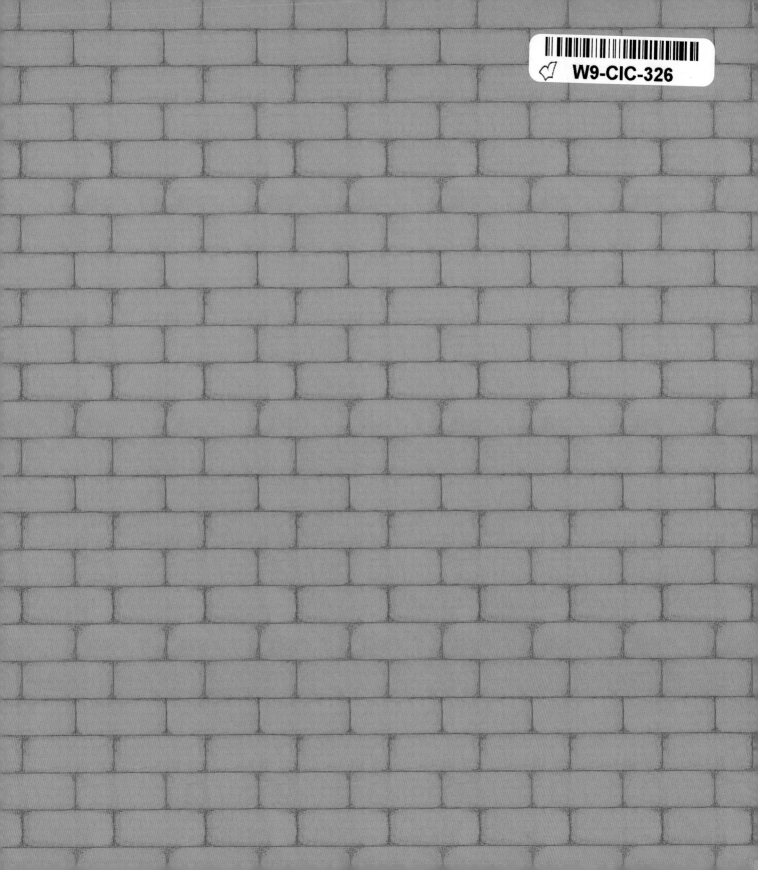

La máquina de las estaciones

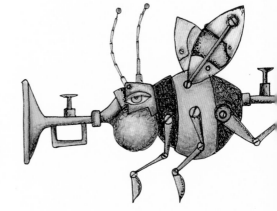

Para Manuel y Rosario, mis padres, por todo.
Para Nati, mi hermana, por todo.

Fran Nuño

© Fran Nuño, 2013, por los textos
© Enrique Quevedo, 2013, por las ilustraciones
© Hermes Editora General, S. A. U. - Almadraba Editorial, 2013
www.almadrabalij.com

Dirección editorial: Dolors Rius
Edición: Oriol González
Diseño gráfico: Imma Hernández

Impreso en el mes de septiembre de 2013

ISBN: 978-84-15207-68-9
Depósito legal: B-20.673-2013
Printed in Spain

La máquina de las estaciones

FRAN NUÑO
ENRIQUE QUEVEDO

Almadraba
INFANTIL JUVENIL

En un pequeño pueblo de no sé qué país iba a tener lugar una votación. El alcalde había comprado una máquina, única en el mundo, con la que se podía decidir la duración de las estaciones meteorológicas durante todo el año. Por eso, los cuatrocientos vecinos del lugar estaban inquietos, pues debían elegir la combinación que se iba a introducir en la máquina.

—Hoy es un día muy importante para nuestra localidad
–dijo el alcalde desde el balcón del Ayuntamiento–,
pues por primera vez vamos a elegir democráticamente
cuánto tiempo queremos que duren en nuestra comarca
el invierno, la primavera, el verano y el otoño.
De modo que aquí está la urna donde podéis depositar
las papeletas con el nombre de vuestra estación favorita.

Todos los habitantes, uno por uno, introdujeron
su papeleta en la urna. Cuando llegó la noche,
se reunieron expectantes en la plaza del pueblo
para conocer el desenlace de tan peculiar votación.

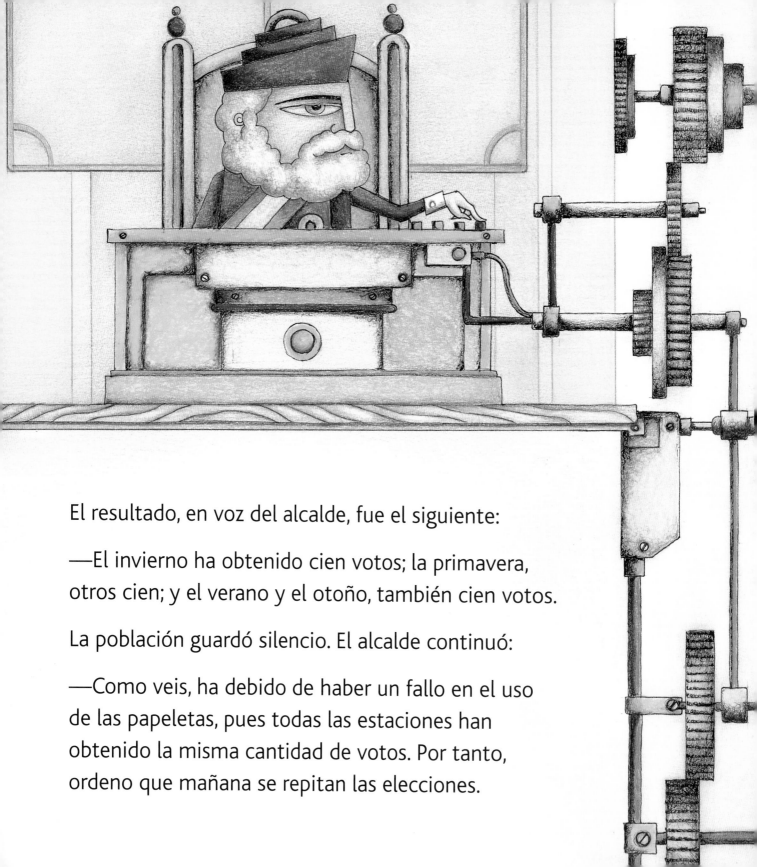

El resultado, en voz del alcalde, fue el siguiente:

—El invierno ha obtenido cien votos; la primavera, otros cien; y el verano y el otoño, también cien votos.

La población guardó silencio. El alcalde continuó:

—Como veis, ha debido de haber un fallo en el uso de las papeletas, pues todas las estaciones han obtenido la misma cantidad de votos. Por tanto, ordeno que mañana se repitan las elecciones.

Otoño

Invierno

2 100
3 100
4 100
5 100
6 100
7 100
8 100
100
100
100
100

100
100
100
100
100
100
100
1

Las votaciones no se repitieron una vez más,
sino dos, tres, cuatro... pero el resultado fue
de nuevo el mismo.

En esta ocasión, a la tercera no fue la vencida.

Algo decepcionado, el alcalde volvió a hablar
desde el balcón:

—He tomado una decisión. Visto que siempre
se obtiene el mismo resultado en la urna,
he pensado que yo, como alcalde de este pueblo,
decidiré la duración de cada estación.

Nadie se atrevió a contradecirle.

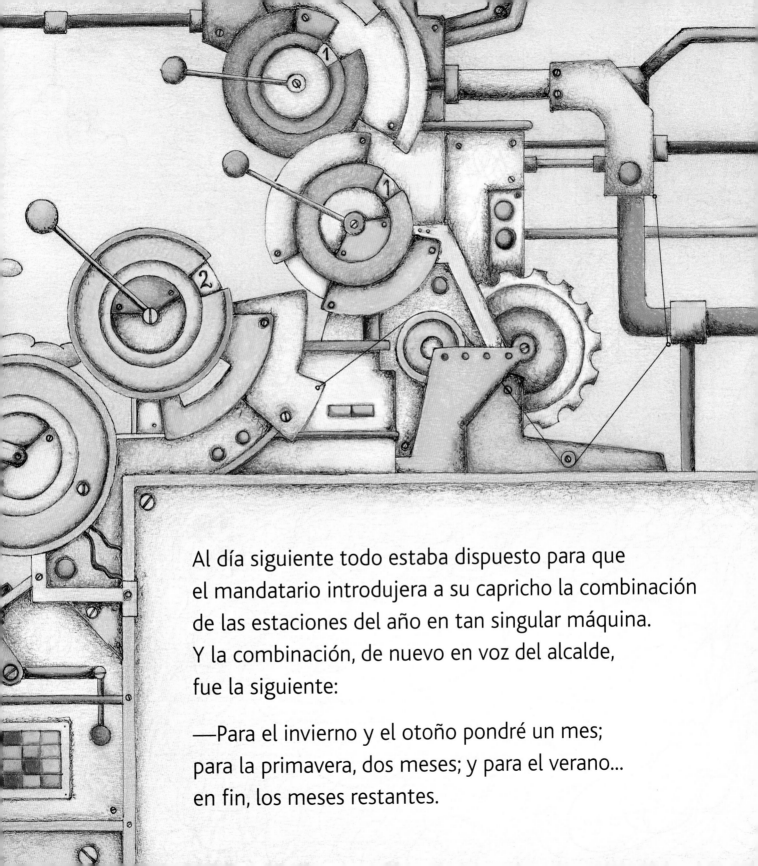

Al día siguiente todo estaba dispuesto para que
el mandatario introdujera a su capricho la combinación
de las estaciones del año en tan singular máquina.
Y la combinación, de nuevo en voz del alcalde,
fue la siguiente:

—Para el invierno y el otoño pondré un mes;
para la primavera, dos meses; y para el verano...
en fin, los meses restantes.

Aquel año tan raro no gustó a nadie. Ni a los campesinos,
ni a los heladeros, ni a los maestros, ni a los padres,
ni siquiera a los niños. Pues mientras algunos trabajaban
mucho, otros apenas lo hacían. Hubo una parte
de la población que estaba cansada y otra, aburrida.
Aquello resultó ser un caos.

Eso sí, quien sacó bastante provecho de aquella situación
fue el alcalde, que se pasó casi todo el año de vacaciones
a varios kilómetros del Ayuntamiento, disfrutando
de su casa con piscina y vistas al mar.

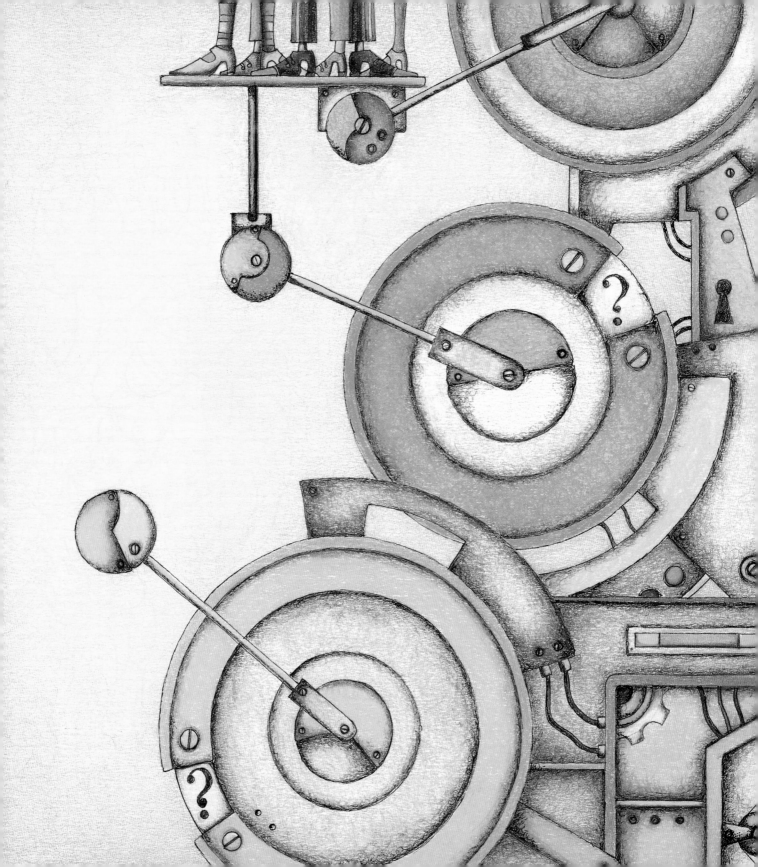

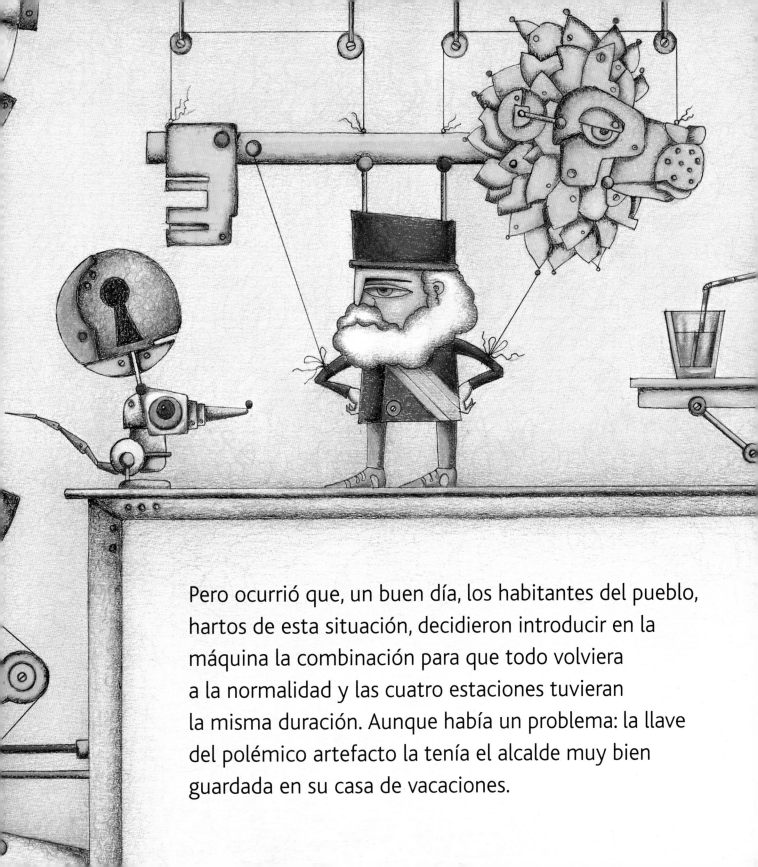

Pero ocurrió que, un buen día, los habitantes del pueblo, hartos de esta situación, decidieron introducir en la máquina la combinación para que todo volviera a la normalidad y las cuatro estaciones tuvieran la misma duración. Aunque había un problema: la llave del polémico artefacto la tenía el alcalde muy bien guardada en su casa de vacaciones.

La solución no se hizo esperar: había que destruir
la dichosa máquina. Tornillos, tuercas, tuberías, teclas,
botones, motores y cables salieron disparados
a consecuencia de los martillazos que el herrero
le propinó a tan conflictivo invento.

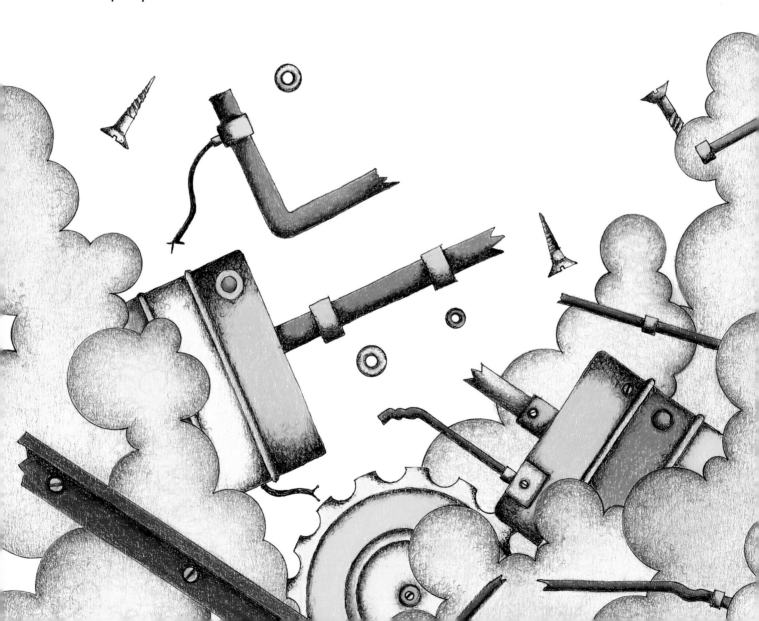

A continuación, ocurrió algo muy extraño. En muy poco tiempo nevó, llovió, sopló un furioso viento... y finalmente salió el sol. Parecía que todo había quedado arreglado. Según el calendario, la primavera era la estación que debía reinar en el cielo.

El alcalde, alarmado por lo ocurrido, volvió al pueblo a toda prisa. Allí se llevó una enorme sorpresa al ver que sus habitantes celebraban una nueva votación. Pero esta vez no tenía nada que ver con las estaciones del año, pues lo que se elegía era un nuevo mandatario para el pequeño pueblo de no sé qué país.

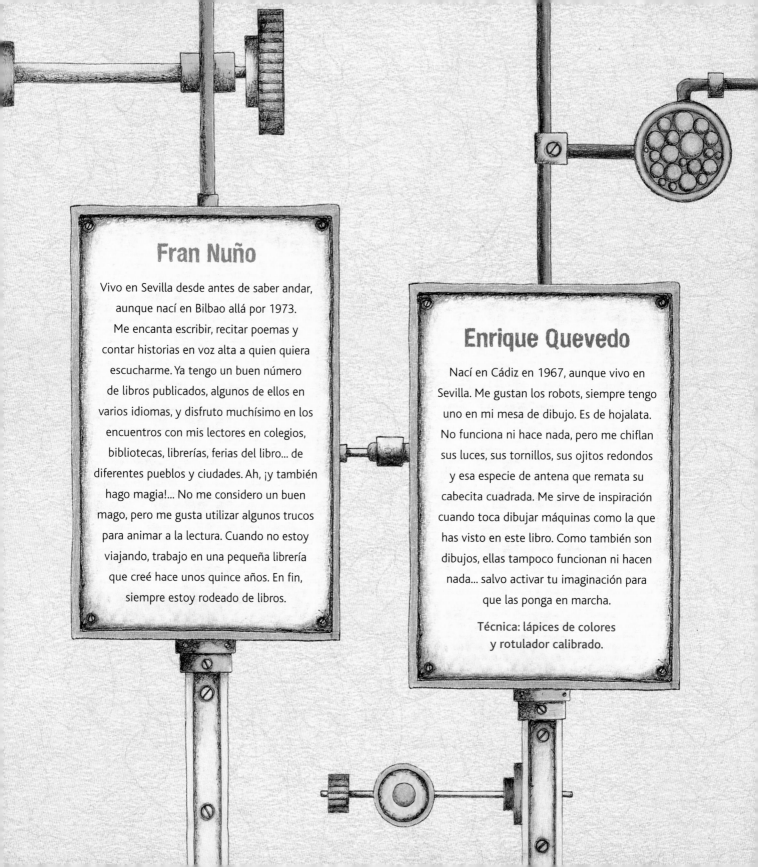

Fran Nuño

Vivo en Sevilla desde antes de saber andar,
aunque nací en Bilbao allá por 1973.
Me encanta escribir, recitar poemas y
contar historias en voz alta a quien quiera
escucharme. Ya tengo un buen número
de libros publicados, algunos de ellos en
varios idiomas, y disfruto muchísimo en los
encuentros con mis lectores en colegios,
bibliotecas, librerías, ferias del libro... de
diferentes pueblos y ciudades. Ah, ¡y también
hago magia!... No me considero un buen
mago, pero me gusta utilizar algunos trucos
para animar a la lectura. Cuando no estoy
viajando, trabajo en una pequeña librería
que creé hace unos quince años. En fin,
siempre estoy rodeado de libros.

Enrique Quevedo

Nací en Cádiz en 1967, aunque vivo en
Sevilla. Me gustan los robots, siempre tengo
uno en mi mesa de dibujo. Es de hojalata.
No funciona ni hace nada, pero me chiflan
sus luces, sus tornillos, sus ojitos redondos
y esa especie de antena que remata su
cabecita cuadrada. Me sirve de inspiración
cuando toca dibujar máquinas como la que
has visto en este libro. Como también son
dibujos, ellas tampoco funcionan ni hacen
nada... salvo activar tu imaginación para
que las ponga en marcha.

Técnica: lápices de colores
y rotulador calibrado.

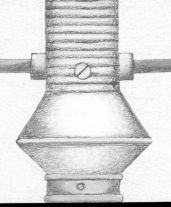